Para Ally

Publicado por primera vez en inglés por HarperCollins Children's Books
con el título *Blown Away*
HarperCollins Children's Books es un sello de HarperCollins Publishers Ltd.

Texto e ilustraciones: © Rob Biddulph 2014

Traducción: Nàdia Revenga Garcia
Revisión: Juli Jordà

@ de esta edición: Andana Editorial, 2015
C/ Valencia, 56. Algemesí 46680 (Valencia)
www.andana.net / andana@andana.net

ISBN: 978-84-943130-5-9
Depósito legal: V-2672-2014

Impreso en China

Volando voy

Escrito e ilustrado por

Rob Biddulph

Andana
editorial

Un día de viento.
Una cometa recién estrenada.
Para Azul, el pingüino,
es el primer vuelo de la temporada.

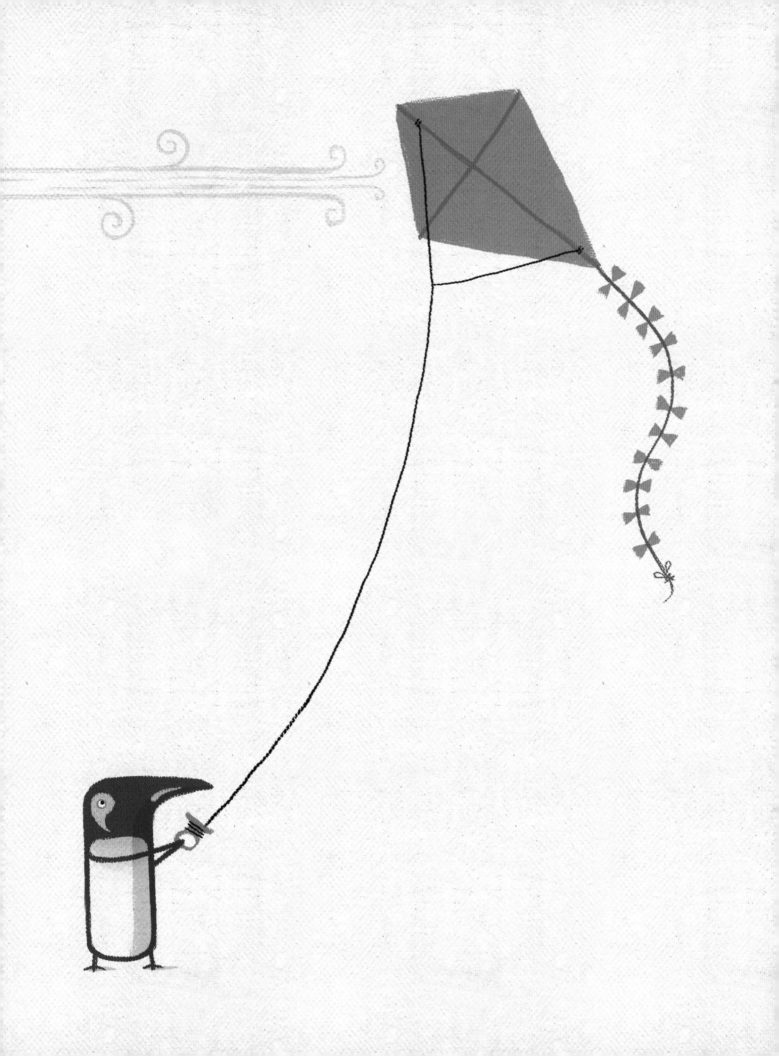

La cometa está muy alta.
El viento sopla muy fuerte.
Y Azul, el pingüino,
se eleva de repente.

«¡Ayudadme Blas y Orlando!».
Ambos lo intentan,
pero también salen volando.

¡Arriba, arriba, allá lejos!
Comienza una gran aventura.
Un tren de pingüinos
surca el cielo a gran altura.

Que no cunda el pánico.
Marcelo ha visto
que están en un aprieto…

¡Uy! ¿Qué ha pasado?
Parece que ahora han formado
un cuarteto.

Azul ha visto un oso.
«Ayúdanos, amigo».

Se llama Luis.
¡Y arriba se va en un tris!

Ay, ¡menudo embrollo!
¿Será esto una pesadilla?
Mar adentro se dirige
toda esta pandilla.

Caen en picado, luego planean… unas veces brilla el sol, otras llueve…

Atraviesan todas la nubes… de la uno a la nueve…

Miles y miles de kilómetros
atrás han ido dejando.
«¡TIERRA A LA VISTA!»,
grita el pingüino Orlando.

Una isla pequeña, frondosa y verde.
(Un color que no han visto nunca, que Orlando recuerde).
«Los árboles parecen mullidos, harán de colchoneta.
¡Hola, selva! ¡Adiós, cometa!».

«Qué bonito», dice Azul.
«Un lugar fabuloso.
Aunque me parece
un poco caluroso».

Blas echa de menos a su mamá.
Luis quiere volver con su tío.

Pero no pueden. Están atrapados. ¡Ay! ¡Menudo lío!

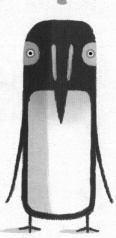

Viajeros intrépidos,
no tengáis miedo,

porque Azul tiene una idea
para emprender el vuelo.

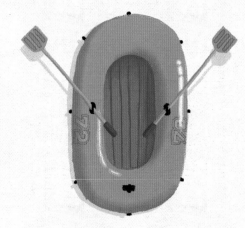

«Una barca,

unas cuantas hojas,

una liana resistente…

Y volveremos a casa rápidamente».

Con una ráfaga de viento
despegarán en un momento.
¿Quién les hace un favor?
¿Quién sopla con más vigor?

EL MAR

MÁS MAR

AÚN MÁS MAR

LA ANTÁRTIDA

EL MAR

MÁS MAR

AÚN MÁS MAR

LA A...

Se deslizan entre las olas y escapan de las corrientes.

Tres hurras por estos cinco* amigos tan valientes.
*Pero ¿son cinco o seis? Hay alguien que no ha pagado el billete.

Y, por fin, la frescura del hogar. ¡Sublime!
Es un placer poner los pies sobre hielo firme.

Un día de viento.
Llega otra cometa.
«No, gracias», dice Azul,
«No quiero dar otra vuelta».

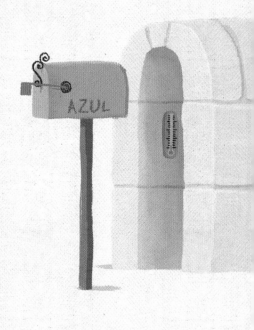

AZUL

Una lección aprendida.
Y no se puede negar
que nuestro pingüino
no está hecho para volar.